在清晨歌唱

Sing in the sunrise

李凌云 \ 著

百花洲文艺出版社
BAIHUAZHOU LITERATURE AND ART PRESS

目　　录
Contents

第一辑

在清晨歌唱

在清晨歌唱
晨曦就是我的家园
这个季节
我陶醉于稻花飘香的日子
那些生动的笑脸
像谷粒一样饱满
吉祥的农谚里
住着我的乡下兄弟
袅袅炊烟中
长眠着我的祖先
让歌声放开脚步
循着那古老的村路
探寻我灵魂的疆域

在清晨歌唱
我的眸子被露珠打湿
月亮挂在西天上
泪水多么清冷
夜晚使她的孤寂更漫长
我歌唱啊
血液已在体内燃烧
让痛苦像水沫流走

让晨光照进走廊
一支玫瑰在忧伤中绽放

在清晨歌唱
双手接住每一声鸟鸣
向南迁徙的候鸟
比流星更高
比北风迅疾
一路撒下阳光的种子
春天来临之时
森林和花草
从我的掌心里长出

（《绿风》诗刊2003年第3期）

春天的光和影（组诗）

/ 落花 /

这一刻已经来临
我站在春天的河边眺望
更远的远方，那些
枯落的桃花在细碎闪光

被春水带走的
还有青涩、甜蜜和羞赧
谁家的少女开花了
清澈的眸子，秘密已化为灰烬

落花。流水。不堪一击
春天就这么脆弱吗
所有的承诺被岁月尘封
所有的种子会不会
在一夜之间发芽?

这个漂流的、孤独的春天
这个多愁善感的春天
什么都无法阻止
我的眼泪，跟着河水一起流走

/ 鸟鸣 /

我该用何种颜色
来描绘林中的鸟鸣
清晨，众声喧哗
千万只鸟雀齐声欢唱

这是一场华丽的演出
春天的泥土，一寸寸松软
春天的悄悄话，在旷野中复活
美如天籁的声音
使大地苏醒、祥和起来

珠圆玉润的嗓子
来自心灵的宁静和温暖
带着一股神性的力量
穿越青翠的山岭
深深地，渗入心田

东方，晨曦渐露
森林在鸟鸣中一层层明亮
我想站到一个更高的地方
看一看辽远的天空

/ 虚构的光 /

露珠，停留在草叶上
一缕折射的阳光
春天的秘密一览无余
足以见证它缄默的品格

一些过于盛大的场景
总是令人怀疑季节的真实
少女，你的灿烂笑容
像一束重叠的光
宁静的湖水，涟漪如此寂寞

风将满地的落叶吹起，放下
那是去年或前年的叶子
一堆泛黄的故事
将在这个春天发酵

光阴，是一只游弋不定的风筝
仿佛转眼就将消逝
春水，无痕。春梦，无痕
忧伤，朝我直扑而来

/ 马匹 /

等待春天的日子
风，隐隐吹来了马匹的气息
记忆是一片空旷的原野
微凉的晨露浸润掌心

伫足静听，马蹄渐近
心底已是繁花开遍
开放的草叶、淡淡花香
这片刻的欢愉
被一声声春雷惊醒

月光下，油菜花一片金黄
映照着羞涩的童年
我们一个个迅速老去
被春风撩乱的头发
像闪电一样雪白

马匹莅临的时候
风会吹开冰冻的河流
我知道，风也会刮进我的心里
吹开暗夜，吹开重重阴影

/ 蝴蝶 /

我在雨中归来
内心的寂寥像残破的纸灯
你说，蝴蝶来过这个世界
然而谁也没有看到它们

也许只是一场幻觉
却赋予我停下来的力量
放下手头的一切
停留在这一片梦境之上

蝴蝶掠过窗棂
像一朵摇曳的火焰
这瞬间的灿烂与绚丽
穿越了生死界限
穿越了时空之间的虚与实

失去一些吧
哪怕是一生中最重要的东西
曾经错过的那些风景
让它成为春天流传的童话吧

（《创作评谭》2013年第6期）

仰望铁塔

就让那种高度迫近我 在山巅
穿过铁塔的煦风
柔软地触摸我的脸颊
在中秋的月下 柳杉身影摇曳
轻轻 如含情的少女频频起舞
而宁静的铁塔始终如一
身躯耸立 沉默而矜持
我潜入溶溶的月光
察看 千家温暖的亲情
聆听 万户欢欣的笑语

当鼾声响起的时候
我蓦然惊觉
独坐山岗已经很久
月亮高悬 铁塔已变得
辉煌而朴素

（1993年11月18日《江西工人报》）

古城墙漫步

沿着这条甬道一直走
走回到古色古香的宋朝
春暖花开 守城人踏青去了
他们的身影已然模糊
隐隐的剑气 飘飘衣袂
晃动在草色渐深的丘陵山岗

一块城砖说出千年的寂寥
更多的城砖睁开沉睡的眼睛
故人系马的树长出新叶
那蹄声一滴一滴 渗入土中
遥远的驿道 万朵梅花
在旅人的心头次第开放

江水悠悠 鱼儿晶晶亮亮
这些水中的美神
听过多少思念故土的谣曲
见过多少怀想亲人的泪水
那荡气回肠歌颂爱情的山歌
已被十里蛙声重重淹没

一丛野花在砖缝间疯长

淡紫的小花 像一团火焰
这是一只飞鸟口中掉落的鸣叫
还是哪位风流才子留下的诗句
时光之水 载走许多许多
却总有一些事物
使人眸子一亮 怦然心动

（入选诗集《红三角旅游诗歌选》）

乡村之书

乡村啊，我的前世和来生
曾经有着那么多让人眷恋的故事
今天，记忆之手翻开日历
那些虚度的少年时光，说老就老了
乡愁已烙上生命的年轮

当大地向天空捧出所有的情歌
我打开书卷，坐在大树底下
等待燕子出现，等待蝴蝶归来
每分每秒都用心血浸透
清瘦的文字，编织生命与爱的经纬

当鸟鸣汇入三月绿色的春声
我看见风筝，拽着季节的秘密
在那希望的田野上，自由地飞翔
透明的思念在水中生长、繁衍
诗神在乡土的深处含情脉脉

当静谧像音乐一样漫过
明亮的村庄，有人家迎娶新娘
我看见唢呐吹过的地方
桃花开了，杏花也开了

每一片花瓣叩响春天的门环

当灿烂的阳光镀亮稻穗
壮实的手掌，抚摸熟稔的季节
我听见平坦宽阔的村路上
有人喊了一声我的乳名
善良的乡亲，从贫困走向富足

当熏醉的微风送来果香
仰望的目光，嵌满鲜亮的枝头
我听见果树甜蜜的呼唤
走进果园，开启一坛陈年老酒
醇厚的乡音使我怦然心动

哦，乡村盛大的节日莅临
演出华丽的现代舞蹈
河岸、草地和田垄闪闪发光
每一个细节，都因阳光而蓬勃
每一个姿势，都是一首动人的诗歌

（2008年4月25日《赣南日报》）

当一回果农

搁笔 放下诗笺
我荷起闲置一冬的锄头
走进果园深处

现在是锄草季节
躬下身子 翻动泥土
整理阳光落下的碎片
许多与杂草一起疯长的夙愿
一一凸显

喝口茶水 小憩片刻
一阵若隐若现的嘤嘤私语
在果树间传递
一种甜蜜的气息弥漫开来
醇和而又热烈
熏染我微微发烫的脸颊

手掌磨起了茧子
脚心感受着泥土的沁凉
让劳动充填生活的空隙
让汗水渗入灵魂内部

让疼痛与爱 厚重与坚韧
成为血液中的营养

倚锄而思
四野一派静谧
通往冬天的路上
果园将累累果实留下
离开果园的夜晚
我要将赞美的诗篇留下

（入选诗文集《最是橙黄桔绿时》）

果园恋情

那时节秋意逼人
我躲进南方的果园
与诗歌相爱

金黄色的甜橙与桔子
是一盏盏明亮的灯
将我们的面容照亮
诗歌沉静如水的目光
为我洗去流浪经年的浮尘

鸟儿在阳光下跳跃
秋风送来袅袅果香
我们多么富有
早已备下足够的粮食和酒
为了爱情 频频举杯
哪怕一醉千年
也在所不辞

每一片叶子都在倾听
每一枚果子都是爱的见证
歌声里 越过苦难
歌声里 翩翩起舞

歌声里 每一个欢乐的日子
拔节而长

感谢果园
感谢无所不在的秋天
让我疲惫的归翅
有了栖息的枝头
让我和久违的诗歌
做一次忘我的亲密接触

（入选诗文集《最是橙黄桔绿时》）

金黄的油菜花

这片金色的广场啊
正在进行春天的庆典
阳光是多么温和
镀亮千万只高擎的手臂
恩泽大地

蜜蜂 春天的君王
火焰中舞蹈的马匹
它们将少女悉心爱护
使每一片花瓣成为音符
我们灵魂的羽翅
一天天丰满而富有

置身于广场深处
我感受到时间的力量
一寸寸春天的光阴
在纯净的波涛上滑过
诗笺还在风中摇曳着
而向北飞翔的大雁
只投下短促的一瞥

（1996年5月1日《赣南日报》）

梦呓

妈妈 许多东西在追赶我
钞票 啤酒 大屏幕彩电
漂亮女子 汽车 房子
它们面目狰狞 纠集在一起
操着利斧 砍刀
像一股泥石流 呼啸着
朝我汹涌而来

我拼命奔逃 一路上
心爱的诗笺纷纷散失
不知落在了世界的哪个角落
你送我的那册蓝色童话
也不慎遗失了
我的笑容凝固了
心中充满恐惧

妈妈 那些东西追逼我很久
我已累得身心俱疲
冷汗湿透了所有的衣裳
妈妈 我实在走不动了
它们就要追上我 淹没我了
快救救我 妈妈

（《青春诗歌》1999年第2期）

暮冬的雪

这是冬天的尾声。一场大雪
恰似十万只白鹤
踞守着森林与草地
门已关上，世界很静
时光已在窗外定格

我栖身于山巅的小屋
打开往事，为一些
生命的细节而感动
打开诗书，为无数
饱满的文字欣悦不已
打开镜子，从皱纹里
回首心灵所走过的路程

十万只白鹤，漫天的精灵
纯净的羽毛将眸子点亮
将血液与玫瑰点燃
将四周的黑暗迅速淹没

我要写出最美的诗篇
以答谢大地的宁静和安详
在冬天的尾声，在一场大雪
为一个季节落下帷幕之际
在群山之巅
在一间寒风吹彻的小屋里

（2003年1月18日《南昌日报》）

乡俗里的植物（组诗）

/ 豆蔻 /

漫不经心的日子
歌声飘荡着甜味

水一样沉静的女孩
坐在月下
轻轻吟唱心曲
相邻而居的少年
彻夜难眠
祈盼快快长大

那粒纯净的种子
植入春天的沃土
在今晚　就要发芽

/ 菖蒲 /

柔性的相思令人憔悴
在水湄 钟爱的子民
身披月光 夜夜欢歌
抒情与渴望
在黑暗里衰老
保持爱情恒久的方式
翠玉般耀眼

善良的山村
记住六月的体香
这个夏天
你接过温暖的怀想

/ 蕲艾 /

这朵银色焰火
曾经将童年灼伤

石子掷进水中
记忆留在风筝上
洁白的光芒落在窗前
吉祥而宁静
妹妹走远了
面容渐渐淡去
花园却分外清晰

闲居的日子
温习一支苦寒的谣曲
为一位薄命女子
默默送行

1994年5月22日

秋天的迷藏

秋色渐深的时候
我远离果子沉甸甸的诱惑
像一只鸟　躲进村庄的巢穴
把头和羽翅埋在草丛中间
紧贴着泥土的心跳缓缓地飞

世界已万山红遍　芦花似雪
旧日的诗笺描摹不尽
无边无际的秋意
夏天　被燃烧成灰烬
春天　在孩子们的手中越举越高

如果你此时寻找我
那些从树上坠落的花瓣
音乐般轻抚你的双肩
秋水之湄　谈论爱或不爱
都让人感觉苍白

童年走过的田埂上

传来一阵阵咿呀的山谣
我日益暗哑的嗓子
禁不住跟着轻声哼唱起来
将我遗忘在故园的尾巴点亮

（2003年11月15日《南昌日报》）

青草

青草遍及视野
以咄咄逼人的气势生长着

多少年来
我们习惯于往高处仰望
欣赏转瞬即逝的浮华
祈盼拯救世界的英雄
而真理 往往不知不觉间
就在我们的身边繁衍

身份卑微的青草啊
多么容易被人遗忘
你却在每年的春天
向我们阐述生命的箴言

青草沉默 在青草面前
再美的诗句也显得苍白
与青草对视
一缕绿色的温情
沁入心扉

我们注定要与青草厮守

即便最最奢华的墓园
也终将被青草淹没

1994年12月17日

雾中客居

表哥说，这山多雾

——题记

站在雾中迎接我
表哥的眉毛和头发结满水珠
稀薄的阳光照耀着
白花花　如外公的胡子
此刻　外公在屋后的山冈上
长眠

那匹黄狗安静下来
刚才它的叫声
隔着好远就能听见
我想
那叫声翻过几道山梁
将传得很远很远

表嫂不参与我们谈话
忙乎着炸果子招待我
茶油炸的果子真香啊
我想
那香味随着山风

将飘得很远很远

入夜　表哥表嫂早早睡了
我伏在油灯下
写些雾一般的诗句
表哥的儿子坐在身旁：
表叔，我要去城里念书……

（《诗歌报月刊》1994年第12期）

乡音

乡音是一枚纯净的羽毛
在童年的屋檐下晶莹透亮
乡音是一只清瘦的小船
在游子的睡梦中桨声悠扬
乡音是一棵苍劲的大树
在冬天的雪原上傲然挺立
乡音是一片丰美的水草
在春天的诗句里蜿蜒生长

乡音是一杯浓酽的绿茶
飘散着乡土醉人的幽香
乡音是一坛醇厚的米酒
倾注了旅人温暖的怀想

乡音是姐姐割草的镰
割不断他乡与故土的情丝
乡音是母亲手中的线
连缀着无限牵挂万般叮咛

乡音是冬天的雪花
乡音是早春的柳琴
乡音是夏天的桑麻

乡音是深秋的耧铃

一千种比喻，乡音
总是与故乡有缘
在生命的原野上，乡音
就是无际无垠的乡恋

（2004年4月16日《赣南日报》）

与春天共舞

冰雪消融之后
蓝色的风吹过田野
睡梦中醒来
春光已照进寂静的窗子

我打开春天的音响
召唤美妙绝伦的歌声
召唤心中久违的柔情
召唤载满月光的马车
与美人同归

我举起春天的灯盏
寻找年轻时散失的诗稿
寻找早已淡忘的意象
寻找遗落在路上的种子
重新埋进泥土

我高擎春天的旌旗
迎接大地上绽放的花朵
迎接飞出草丛的蝴蝶
迎接冬天迷途的牛羊
回到丰美的草场

我挽起春天的手臂
与春天共舞
直到日落月升，地老天荒
热爱春天，被春天所爱
都是至高的幸福

（《兴国作家》总第5期）

客家围屋

历经沧桑岁月的淘洗
依旧是这方水土的奇迹
多少观光客的目光为之凝固
每一次走近围屋
灵魂深处的敬畏
总是那么执着

祖先的血泪和苦难
铸就了客家人厚重的历史
迁徙，生存还是毁灭
放逐，创业或永远流亡
这些命题字字千钧
不容血性男儿踌躇徘徊

渴望和平
渴望休养生息
渴望安宁的生活
土著同胞啊，当年
你们是否理解和同情
流落天涯的北方子民

一排排瞭望孔

祖先的眼睛恒久睁开
每一次仰望它们
我便少一些浮躁
多一份清醒

（1998年5月27日《赣南日报》）

冬至之夜

一年之中 最漫长的冬夜
已经来临
我栖身在北回归线以北
一间简朴的小屋
凛冽的风在窗外呼啸
穿过窗棂的缝隙
侵袭全身

一生之中 有多少这样的冬夜
放弃奔忙 忘却功利
在静静的油灯下
捧读诗书
被往事伤害的人 此刻
思想在美的光焰里苏醒

我想象星球的最北极
夜 总是短暂的
瑰丽无比的极光
恰如春天的阳光马车
在梅花尚未凋零的时刻
就已桴鼓而至

（《贡嘎山》1995年第4期）

用乡音交谈

你摁响门铃，飘然进屋
三两句乡音，像一场故乡的雨
将疑虑与沉闷冲刷干净
他乡遇故人。乡音成为
一种必然，也是一种降临

那方水土
是母亲亲手缝制的襁褓
裹起我们宁静的童年
雨打芭蕉，阳光打在草叶上
倾听母亲圣洁的吟唱
韵味悠长的乳名与童话
沿着血脉的走向
早已深入我们的骨髓

谈话从故乡的小溪出发
汇成一条思乡的河
流向出生的祖屋
流向村口的香樟
流成一朵红红的杜鹃
流成一轮圆圆的满月

让苦难结痂

让泪水风干

让心情放假

今夜，我们用乡音交谈

在他乡的屋檐下

将灵魂的契约温习一遍

（2002年11月29日《赣南日报》）

轻轻等你

轻轻等你
在三月轻轻的风里
期待一个悄悄的惊喜
随风飘临

轻轻等你
在五月轻轻的雨里
祈盼一支清脆的竹笛
掀开雨帘

轻轻等你
在七月轻轻的梦里
渴望一羽洁白的鸽子
衔梦而归

（1996年8月7日《青年知识报》）

一粒沙子

下班路上　临近黄昏的一场风暴
卷起漫天尘土
一粒沙子闯入左眼
险些将所有的光明击倒

泪水　倾盆大雨到来的先兆
轮廓模糊的天地间
微睁的右眼　看见
被风刮得满街乱飞的假发　谎言
虚伪的情书　腐烂的水果
无家可归的乞儿　匆匆而过

“妈妈，一粒沙子在我的眼里
世界好疼！”
我回到童年的椅子端坐
泪光中的母亲　年轻又美丽
“别怕！别怕！会好的……”
时光暂停　沙子
随着母亲吹来的慰藉
訇然坠地

风雨停了
我揉揉眼睛
走出门外看星星
屋里 飘出一声轻轻的叹息
“唉，哪天妈妈先走了
你该怎么办……”

（《星火》1999年第4期、《青春诗歌》1999年第2期）

回忆：打水漂

侧身 用力
青色的童年脱手而出
河面上激起一串水花
随即了无踪影

我两手空空 怅然若失
却不知
那片沉入水中的石子
转瞬间鬓发染霜

（《星火》1999年第4期）

初雪

早晨醒来 回味着梦的无奈
一些细若游丝的想法
被连续不断的呵欠掩饰
此时 冬天第一场雪
已在窗外无声地降临

传说如同梦幻
一千次的求证
只会得到一千种疑问
雪地里高贵的花朵
作为一种物质的语言
给我们温暖与慰藉

冬天是冥想的季节
一桩桩冰封的往事
总想在炉火的边缘
找到结局

（《锦江诗报》总第31期）

尘封的栅栏

让我忘却匆匆来去的季风
忘却风中伫立的孤树
忘却树下出神的眸子
一座美丽的花园
早已荒芜 草长莺飞

记忆中的盛夏黄昏
不见了繁花幽深 蝶影翩跹
婆娑而歌的流萤
离乡背井 了无踪迹
曾经缭绕深闺的琴声
是一把金黄色的谷子
一只瘦鸽引颈徘徊
拍打疲惫的双翅
无力飞抵 那方梦境

那年 秋天不经意自东边而来
一片不经意的落叶
领我走出那个忧伤的八月
大道上 一位落魄的少年
急匆匆 打马而归

(《群众艺术》1994年第13期)

茶乡女子

茶乡的季节
是最多情的季节
一些茶山上的情歌
一些叶片上的笑声
一些茶树丛中的悄悄话
总是被茶乡女子
不经意采回了家

那纤纤巧手
又揉进一些淡淡的相思
然后
用炽热的目光烘干

品过这样的香茗
你还感到渴吗?

(1996年8月14日《赣南日报》)

玻璃风铃

玻璃晶莹透明
如爱人的心
在宁静平凡的日子
它将祥和的阳光
折射得五彩缤纷

风铃音色优美
如幽雅的琴
微风灵巧的手指
弹奏一支支小夜曲
将疲乏的心灵
轻轻抚慰

把易碎的玻璃风铃
悬挂在家的门楣上
昭示一些脆弱的事物
爱护它们 其实
是一种朴实的承诺

（《群众艺术》总第29期）

拔稗草

弟弟
你一次次俯下身
将那些混迹于稻行的稗草
连根拔起
毫不留情

连年低贱的谷价
使你内心的伤痛
反复发作，难以痊愈
弟弟
你搜寻稗草的目光
为何依然那样执着?

我在城里
被某些人称作诗人
熬尽心血写成的诗歌
也和稻谷一般贱价
即便如此
我也不打算改弦更张
更不会让丑恶与谎言
沾染我洁净的诗笺

弟弟
值得庆幸的是
我们的心田未曾荒芜
因为，你我都拥有一双
容不下稗草的眼睛

（2003年7月11日《赣南日报》）

帮弟弟插秧

夏天却将到来之时
我从城里赶回老家
帮弟弟抢回一些春光

我们并排着下田
弯下腰来，以虔诚的姿势
向土地栽下一季的希望
日头砸在背上
汗珠砸在水里
这就是结结实实的劳动

当年，全家人都认为
我是一首不错的诗
为了将我从乡村发表出去
弟弟辍学
父亲累白了头发

不一会
弟弟就把我拉下一大截
无论我怎样暗自较劲
插秧的速度
怎么也赶不上他

不服气也不行
比比嗓门、力气、酒量
哪样不是弟弟领先?
对于土地，弟弟的根
比我扎得深一些

（《客家新世纪》总第2期）

红色意象（组诗）

/ 红米 /

凝眸注视
颗颗蓄足了阳光
细细咀嚼
满口历史的余香

盛产于战火映红的土地
红米饭 与南瓜汤一起
走进那首著名的歌曲
成为革命者的营养
成为英雄主义
与浪漫主义的经典食物

黄金周休闲的游客
上井冈山
坐豪华大巴的人们
不妨多吃几碗红米饭
才不至于走一点山路
就双腿发软
上气不接下气

/ 红辣椒 /

辣椒被季节点燃
眸子被辣椒点燃
在宁静而寥廓的秋天
想起一位爱辣的农家子弟
——毛泽东

他诞生在寒冷的冬季
从韶山冲到长沙
从井冈山到遵义
从西柏坡到北平
一路嚼着红辣椒
一路焚烧黑暗
一路播洒光明

他喜好吟诗填词
将如画的江山
写进韵味十足的诗行
他浓重的湖南口音
蕴含着一股辛辣

给多灾多难的民族提神

他曾笑着对战友说
共产党人要进京赶考
中南海餐桌上的红辣椒
就是一份最好的答卷

/ 红烛 /

停电的夜晚
我无须停止写作
一支永不熄灭的红烛
照亮洁白的稿纸

闻一多——红烛
令黑暗胆战心惊的人
你拍案而起的时候
一潭沉滞的死水
被震得掀起了微澜

子弹可以封住你的嘴
却无法阻止你的烛光
引导新的战士
拿起镰刀和斧子
宣告黑暗势力的死亡

停电的夜晚
我不能停止写作
要像红烛一样燃烧

让这个世界
多一些光明
少一些黑暗

（2002年11月8日《赣州文联》）

红薯

记住红薯
这些大地朴素的心脏
曾经为我们输送过血液的
心脏 历经了千年的风霜
还在蓬勃有力地跳动着

红薯让我们怀念故乡
那永远忙不完的农事
那点点滴滴流淌的汗水
那苦中求乐的歌谣
那年复一年星辰般的憧憬

与河水一起流逝了的岁月啊
一个个被红薯滋养的日子
简单的真理在土地和劳动里
信念使我们的灵魂
拥有足够重的分量

（《文学青年》1996年诗歌专号）

月光琴弦

梦醒时分　却是记不起
桂树下你真实的面容
沿着那年夏天的蝉声
一路风尘　一路唤你
却总有空空的回应
在雾中　结网而待

曾经为我滴落的颗颗清泪
早已化作不老的琥珀
曾经为我洒下的串串笑语
早已变成晶莹的玉石
多少年　珍藏于心

把樽独饮
饮尽了昨日的落寞
来日悠长的郁悒
能否饮尽　我无从知悉
而今晚的月光琴弦啊
有多少如泣如诉的相思
谁能听得清

在秋天的阳光下读一本诗集

静静山巅
静静阳光下
一个饱满的灵魂
质朴而清亮的灵魂
在我的眼前　徐徐展开

这么多的汉字　活泼
而充满灵气的心血的结晶
随我双手的微微颤动
频频跳跃　舞蹈
像一朵朵闪烁的火苗
蔚蓝的天宇
由此格外澄净　安详
孤独的麦地之子　天才
在一个春天逝去了
你短暂的一生
站在太阳痛苦的芒上
煎熬　永远保持着纯洁
你生命的花朵　火焰一般
在每一个春天开放
在每一个阳光和煦的日子
光彩照人

一只鸟儿飞起
羽翅拍击寥廓的秋空
我微微闭上眼睛
轻轻躺在大地的高处
谛听那永不停息的
尊贵而骄傲的呼吸

（获《泸州文艺》第二届“鼎力杯”全国诗歌大赛优秀奖）

漂泊与歌声（组诗）

一

此时 光芒逼近我虚妄的内心
每到夜晚 星星照亮每一段童年
无言的村庄 陈旧的事物使我伤感

纸船挂在村口的香樟树上
像一枚果实 被岁月收留 风干
我曾经说过 立春之前赶回老家

我曾在通往城市的途中沿路乞讨
包括面包 爱情 和栖身之所
奋斗或者努力 不过是掩饰之辞

每一个平安夜 细数着万家灯火
聆听一些物质发出的诱惑之声
总觉得高贵的眼睛 在黑暗中闪烁

任何文字的表述都那般脆弱么?
是的 洪水泛滥 漫及胸口
我的纸船挂在香樟树上 白得耀眼

二

晨光之中 有一种召唤在体内涌动
泪痕未干 深秋的镂铃已经响起
我的苦难和良心渐渐复苏

农谚如风 将节气从容打开
躬耕的父兄和牛群在田间劳作
最朴实的泥土 被乳燕衔去筑巢

我在漂泊的路上 常怀感恩的心
为偶然相遇的天籁之音喝彩
为善良的人们献上深深的祝福

没有驿站 没有同行的伴侣
也许此生的漂泊没有尽头
那千山万壑风风雨雨的旅程啊

依旧是爱是恨 是悲是悯
美丽的生命该留下点什么呢?
原野上 深秋的镂铃无比清脆

三

我在梦境里辨别家园的方位
在真实与虚无的幻觉中进进出出
感到前所未有的累 双腿重若千钧

田间的稻草人衣衫褴褛 毫无表情
却使我豁然开朗 迷雾尽散
郁结的愁肠随即迎刃而解

我有些后怕 乡村的匆匆过客
依恋城市又恐惧城市的人啊
不知何处才是你真正的归宿

“毕竟是家里好啊！”伯父感慨万千
吐出的旱烟弥漫着 袅袅升腾
我锈住的嘴唇 不知该如何作答

雁阵在高远的天空 徐徐南飞
阳光下 稻草人沉默不语
凝重的脸上裸露着金黄的肤色

四

大旱之年 乡村的歌喉纷纷喑哑
父老乡亲用泪水浇灌土地
贫穷的日子 我无法袖着双手

我无法平白无故卸下生活的重担
无法逃离现实 寻找漂亮的藉口
感谢劳动 它使我懂得公正与尊严

如今 浅薄的快乐附着在享受的背景上
作践人生 一些不经意的眼神
正幽灵一般 伤害着美好的事物

因为水的缘故 我渴望秋天的雨
浸润侠骨柔肠 水一样的感情
清醇的米酒 在梦里芳香四溢

我已是故乡的一滴干涸的眼泪
即使在百年一遇的大旱之年
再也打不湿半寸乡土 半句乡音

五

漫长的冬夜 猫头鹰覆盖了整座村庄
穿过厚厚的幕帷 拨亮星星点点的记忆
大片大片的含羞草 温情起伏

我常常独自坐着 一动不动
听寺钟敲响僧侣们必修的晚课
看时光的流水日复一日冲刷着古陶

我不再年轻 不再年轻了啊
衰老的征兆 已悄然爬上眼角
漂泊的灵魂为何总不能超越浮华

那个影子 带走了生命中不朽的荣耀么
黑夜的歌者在屋后的树梢梳洗
临近熄灭的灯盏 我感应了它的气息

“逝者如斯夫” 然而逝者为谁
成百上千次的问询 我终于告诫自己
轻一些 不要惊醒了早已睡下的人

六

整个八月 我的身心恍若空壳
一枚贴着水面的叶子昭示着悲凉
南方 森林苍茫 蝉声如血

阳光轻柔的正午 打开一本诗集
与生俱来的激情像启程的马车
我抚摸头颅 幻想之中更接近现实

想想远方 我的缄默被蝉鸣划开罅隙
那些预言着幸福的暖风涌入
一段漂泊的岁月充满憧憬

童谣被唤醒 随时光的片断抵达
满目秋色的吟诵 此刻 我心境旷脱
已不在乎最先的美丽或最后的悲剧

八月之后 我将循着蝉声的方向
在通往至爱至善的旅途上
一去不返 直到自己消失……

七

蛰居乡间的日子 我心静如水
在月下品尝米酒 谈论桑麻
或倾听山民用歌声酿造他们的爱情

当这一切都远去 才倍加珍惜
清贫而温馨的乡居生活令人心醉
袅袅炊烟缠绕着我 经久不散

回想进城那天 我还是懵懂的孩子
不谙世事 像一只红色的甲壳虫
面对陌生的市井 半开半合着翅膀

或许 我注定属于花朵和阳光
亲近缪斯的美梦 我做了一年又一年
在梦中 我避开喧嚣 打磨文字

或许 我天生就是一位文字匠人
穷尽一生也不能写出一行诗歌
但穷尽了一生 诗神还能怪罪我么

（《回归》总第5期）

第二辑

雨意

想象的瞬间
雨说下就下起来了
湿了凭窗远眺的眸子
湿了漂泊无涯的心

天沉沉地压下来
苍鹰隐匿翅膀
马匹收藏蹄声
菊花的火焰已熄灭
吉他的琴弦被扯断
——小小蜗居
还有什么生命?

其实
只要保持平稳有力的
呼吸
想象的瞬间
雨说停就停了

(《大学生诗报》总第7期)

咖啡馆

一只杯子所折射的光线，
是黄昏美妙的颂词么?
在如诉的歌声里，
在临街的位置坐下，
看时光就这样流走?

室内的客人，
守着同一个秘密吗?
街上的行人，
是否奔向同一个目的地?

时尚的幸福生活，
是以玻璃门为界线么?
推开门的右手，
为何总是凉冰冰的?

音乐送给情侣，
花朵献给美人，

香味逸出之后，
爱情有淡淡的苦味吗？

一杯咖啡在黄昏的光线里，
也耐不住寂寞么？
她说：喝下去吧，
和着忧伤，喝下去！

杯中酒

我相信杯中斟满忧愁
加入任何一滴往事
那愁绪都将哗哗溢出

对酒当歌
歌唱离酣醉只有一步
哦，燃烧的唇
火苗在血液里伸展开花
灵魂渐渐裸露
像洗濯之后幽蓝的石头

我茫然无助
欲念纷纷袭来
熟悉的家园众神离开
语言与思想日趋贫乏
眼前的一段繁华
会是真实的吗

一次次逃避隐遁
都以失败告终
这个物质涵盖一切的世界
我们已无处藏身

（1997年6月5日《武汉电信报》）

荸荠

在梦中咀嚼荸荠
那乳白的汁液
真像母亲的奶汁
常使我醒来后
仍觉得满口余香

故乡捎来荸荠
捎来了浓酽的乡情
将那圆圆的乡恋
栽满心间
纷繁的生活里
平添一股做人的底气

有人问起故乡的特产
我只是微笑着说
在江南的水田
生长着江南女子
会传情说话的眼睛

（《成功导航》1998年第4期）

初春十行

雪在窗外下着
这支春天纯白的序曲
正悄无声息地奏响
簇拥亲切无比的村庄

万物攒动
我们的信念和爱情
在风中生生不息
花朵般吐着芳香

大地 辽阔旷远
孩子 就要醒了

1995年12月8日

刀币

以锋刃的姿势直面欲望
这种怪异的微笑 其实
是一句精辟的警语
黑暗中 占有 交换 防御
在同一个高度站立
那位男子走过来了 目光游移
脚步的后面 十指交叉摆动
你 将如何保持贞洁

时隐时现的祈愿
披一袭褐色的纱衣
视野边缘 许多场景重复延伸
墓地闪烁古朴的光芒
最后的诗篇 世界如象形文字
透彻寒冷 等待掩埋

睁眼时幻象丛生
闭上眼睛 真实左右流盼
钝化的思想萧萧而去
唯市声鼎沸中 一枚刀状古币
上下挥舞 呼呼生风
街头 尸首横陈

(1997年1月17日《习水报》)

铜币

一片青色的火焰
从方孔里蜿蜒扑来
摇曳 覆盖视觉的苍白与空旷
铜质的水沸响着
漫过灵魂每一处洼地

方孔如井 盛满铸者的汗水
泣泪和血汁
溢出井沿 辉煌的字迹
连同一个王朝的辉煌
顷刻间斑驳陆离

方孔如口 长满
一排排尖利的牙齿
通向一个漆黑的深渊
唇边的锈污泛着暗绿
散发一丝丝血腥的气味

将一枚铜币贴近耳轮
多少春风得意的蹄声
多少轻歌曼舞
伴随负重的声声喘息
渐行渐近
格外清晰

（1997年5月5日《习水报》）

春天的礼赞

春天来了，
春天来了！
那沉睡的种子，
沐浴着春雨发芽；
那含羞的花蕾，
仰望着春光盛开；
那潺潺的溪水，
向往着春天奔流；
那翩翩的蜜蜂，
迎着春风飞来……

在万物苏醒的春天，
我总要情不自禁
高歌一曲：
您好，美丽的季节！

（1992年3月19日《赣南广播电视报》）

倒伏的竹子

竹子倒伏的时候
我没有听见它的呐喊
暴风雪在深夜突然降临
我睡得太沉
没有听见竹子的喊声

我闻到了竹子的芳香
从它白森森的伤口
向四方幽幽飘散

我在竹子的伤口深处
发现一些柔弱的竹膜
它们和笛子携手
能再现灵魂撕裂的声音

我相信有这么一天
旅人将风干的竹子点燃
驱逐冬季漫长的寒冷

（《诗家》总第34期）

冬天的伤

我看见冬天折断的树枝
垂挂在窗外
任黎明的阳光照耀
它向世界询问的方式
早已超越了死亡

我梦见冬天跌倒的男子
紧闭了双眼
被月光和音乐簇拥
他的伤口开出花朵
迎迓春天

如果为了爱情在冬天起舞
在冬天吟唱　我的飞鸟啊
森林在夜的尽头消失
你是否回到温柔的巢

在冬天

在星辰之上

在大雪掩藏往事的地方

翘望天边的雷声

将平生想说的话语

传达至远方

（《回归》总第4期）

地茄

知了醒来的那个早晨
你如期款款而至
小小的阳光的处子
在乔木与灌木交错的山峦
展示丰满与成熟

紫色的花期 弥漫
一种宁静的情愫
一片如雾的轻愁
从土地开始 延伸
抵达秋天的婚床

青草掩不住柔情
爱 在夕阳下轻轻呢喃
我纯朴的姐妹呵
娇美的容颜照亮村庄
大紫大红的歌谣
将我蛰居的山巅
一遍遍缭绕

1994年12月18日

飞鸟 · 致男孩

男孩眸子清亮
一只透明的鸟儿
离巢 振翅高飞
苍茫的天宇无比高贵
为你徐徐展开
你拥抱云彩 霓虹
翱翔的心
等待另一场风暴

大地上许多舞动的手
摇曳的花朵和音乐
铺张一重重诱惑
我们曾经为此沾沾自喜

一只折翅的鸟
坠落沧海与桑田
还浑然不知
男孩——飞鸟——
我接受自由的祈祷

(《群众艺术》总第11期)

耕者

回归村庄
收起无边无际的誓言
马匹 这骁勇的精灵
拽动焦渴的铧犁
一支眷恋乡土的衷曲
为你谱写

以真诚呼唤阳光
以信心沐浴春雨
以劳动换取收获
你探寻的目光
将岁月犁遍
土地 从此不再寂寞
消瘦变得丰腴
贫穷变成富庶
一年年企盼的游子之心
格外殷殷实实

山巅的花朵

拂开山巅的晨雾
火焰般的花朵
已在阳光下焚烧

春天莅临，大地上
裸露的灵魂分外安静
谁的歌声
在风中传递爱情?

我们苍老于祈祷
时间的利刃
在一片花瓣飘零之际
悄悄切断来路

“向梦里寻找永恒”
花朵绽放的过程
成为一种高贵的叙述

1996年5月1日

忍冬十四行

你的花园积雪开始消融
阳光的车辇已缓缓驶抵
在春天，久病初愈的少女
梦中的呓语沾湿衣襟

我渴望火焰在黄昏燃起
唤醒你隐忍已久的生命
严寒和战乱都已经过去
缠绵的雨季就要来临

究竟哪一天，你柔长的手
牵动了少年痴痴的情丝
令相思的藤蔓疯狂生长?

会是哪一天，你头戴花环
身披一袭雪白的婚纱
做春天风姿绰约的新娘?

（《回归》总第2期）

入夜

暮霭将空间压缩
灯火之中　思想远离尘嚣
进入开阔地域
漂泊者打开行囊
在寂寞的荒原栖息
一遍遍追忆似水流年
在沉默的土地冥想
苦苦求解生命的谜题

流浪的岁月
对黑夜分外珍惜
它是一座宫殿
我是宫殿里的君王
它是一座炼狱
使我获得新生

夜的帷幔多么宽广
苍穹深处
星辰光焰依旧
梦中的家园梅雨如柳
我却找不到归途
找不到归途

（1996年3月1日《瓦房店报》）

秋天的女人

从荒芜的家园 退隐秋天
女人 面含高贵的忧伤
手抚鹞鹰 沉静似水
独守高高的山巅

谁在轻唱神秘动人的歌谣
谁在呼唤陌生的姓名
秋天的女人
远离桑葚 远离爱情
接近泪滴和诗篇

凝眸空旷的大地边缘
夕阳孤寂地徘徊
肉体和骨殖
在天火中燃成灰烬
释放 最光明的灵魂

独坐山巅的女人
将在一个秋天的黎明时分
与手中沉睡的鹞鹰
同时惊醒

(《回归》总第1期)

鸟群起落

一阵风 来去自由
穿行于洞开的天堂之门
我醒来时 鸟雀呢喃
新的一天已经开始

花朵绽放 鸟群起落
春天 屋檐下的稻谷
我所有亲人的福祉

我在诗歌中祈祷
遭遇死亡 从花园到水边
早夭的妹妹 昙花凋零
谁能听懂阳光的哭泣

鸟群起落的瞬间
天空 投下巨大的阴影
足以覆盖
我忧伤的一生

1997年5月9日

你送的……

你送的那一方绿荫
我爽快地接过
绿荫下
有一颗爱我的心
在跳动

你送的那一缕烛光
我愉快地收藏
烛光里
有一双深情的明眸
在闪烁

你送的那一池月色
我高兴地揽起
月色中
有载满思恋的小船
驶入梦乡

（1992年5月7日《江西工人报》）

露珠

农舍在晨雾里酣睡
木窗微闭着眸子
晶莹的露珠
是故乡的山水间
一颗颗醒着的心

清晨凝视露珠
就像面对生命的源头
这些大自然纯净的血液
流进灵魂
灵魂变得圣洁
渗入土地
土地也会歌唱

让我用清晨露珠研墨
重新描摹心中的故乡

（《红豆》1998年第5期）

邻近黄昏

临近黄昏的时候
山风吹乱了你的长发
上山路上，我们回首眺望林海
心中充满喜悦。我们的生命
是如此渴望新鲜的事物
路旁，一丛丛野草莓
正开着白色的小花
是不是所有的美
都会在红尘之中慢慢风干？

一棵杉树斜长在山坡上
冬天的一场大雪
让世界失去了原来的样子
两只山雀在林中穿梭，追赶
鸣叫不已，搅动微凉的夕光

狂热的激情归于宁静
像遥遥望见的山巅小屋
在默默接受黄昏的洗礼
和岁月的推敲

毛线衣

这张柔和的网条理清晰
是女人
以如水的目光织就
它罩住冬天的身躯
冬天也被捂得暖意融融

女人在一生的四个季节
默默地织网
双手的纹路
叠印网上
男人远走他乡
逃逸不出 如来的掌心

网的暗处
有一端绳头留着
如果不小心牵动它
伤心的泪水
将汩汩自网中
涌出

（1992年8月15日《江西青年报》）

农谚

农谚是什么
是乡村家喻户晓的文学
是最最朴实的格言
是乡亲们立身处世的经验
是无数失败教训的总结
从古至今 代代留传

农谚是什么
是春天里的那朵积雨云
还是冬日那声沉闷的旱雷
是大灾之年的生存之痛
和着血泪 盐粒般结晶
还是丰收年成的智慧与灵感
在秋天的晒场上
比谷穗还要金黄诱人

农谚是什么
是家乡浓酽的米酒
是游子梦中的炊烟
是禾苗上闪烁的晨露
是田畦间悠扬的蛙鸣
诗人 今夜月光皎洁
你日思夜想的故乡
在一句农谚的尽头等你

倾听

是你的歌声
驱赶远到天涯的孤独
将音乐的高潮感染于胸
浸润内心

琴键之上的流水泛溢光芒
我缘石而上
在一条江的源头聆听
避开冰凉的梦境
以蜗牛的触觉感知季节
用北岸的荻花点缀语言
从此圣地不再陌生
忽明忽暗的旅途
添几许亮色

永恒的圣音飘越江水
深入血液肆意奔突
点燃心形的叶子
远离尘嚣　远离脸谱
谁也无法企及
我们与众不同的拥有

（《跋涉诗歌报》1994年第2期）

神秘的风声

神秘的风声　固执地敲击房门
我一次次被逼到绝望的角落
骨头　一次次承受刀斧的切削

有人在窗外说　挺住　意味着一切
我打开手掌　查看命运之线
阡陌纵横的路啊　该如何选择

大风曾经吹散我的纸张
诗歌犹如沙尘　落草于荒野
惊慌的心　被荆棘扎得鲜血淋漓

笛声在奏响　风中的竹笛
飘过了童年清澈的河流
屋宇尽头　瘦弱的少年在凝神倾听

一次次扑向灯火　强烈的宿命
促使我像飞蛾那样义无反顾
我只是　只是在寻找高飞的幻觉

1997年7月20日

米酒

从纯净的村庄走来
坛中的米酒
娓娓叙说着方言
把思乡的人卷入童年

酒香里感受土地的呼吸
诗心渐渐苏醒
民间 似水的女子
目光穿行于谷物之间
纤纤素手
将火种悄悄埋下
将风俗悉心收藏

米酒醇香绕身
如蜜蜂盈盈飞舞
这些庄稼的恩典
以你的诚实和温暖
为英雄壮行
唤浪子回归

今夜 一支熟悉的童谣
在酒香里亭亭玉立

（《蓝天艺术报》1996年第1期）

日蚀

金黄的野菊曾一度繁荣
色彩亮丽 像善良的孩子
灵魂在它们面前
得到升华 纯净无比

一切欲望的萌发
在日蚀开始的时刻
有意或无意 伤害与被伤害
如一对孪生的婴儿
使世间的冷漠
成为永久存在的藉口
那些失去血色的面容
总是躲在太阳的阴影里
窃窃冷笑

伤口愈合需要时间
而一些新的伤口还将产生
向日葵 已经扬起头颅
这些盛开的火焰
将蔓延整个夏天的花园

1994年12月16日

午夜喙声

我明白 喙声将浮出海面
在这个漫漫长夜
我必须警醒
不能丧失倾听

星光播洒大地
遍及每一片屋宇
朋友们躲进家庭 相继睡去
白昼 物欲将他们折磨
此刻需要睡眠和温情

我的灵魂站立起来
如沐浴后的婴孩
她以沉默的方式
将黑夜精心守护
等待语言青铜般作响
等待思想的骏马横空出世

“爱夜的人领受了夜
所给予的光明”
许多珍贵的东西
已经永远被黑暗湮没

而永不停息的喙声
自午夜传来
我怎能拒绝倾听?

（入选诗集《永恒的诗神》）

漫步

经过若干年后
梦中的男人在走廊里
漫无边际地散步
他的双手触摸潮湿的墙壁
他喃喃自语：
门的方位在哪儿
门的方位……
高过头顶的夜幕
星光仿佛伸手可及

我想告诉他这一切
却惊觉彼此相距遥远
无处不在的市声
迫使我扛着生活奔跑
为一些不必深究的事物
耗费心灵的潮汐

也许这就是我们的宿命
固守一座虚幻的城

找寻原本没有的真实
某个欲望弥漫的晌午
我偶然发现
一群阳光下漫步的蚂蚁
在演示我们的一生

（《北方诗报》1998年夏季号）

静坐树下

静坐树下，光阴无声地流逝
这是第十三个春天
诗神小小的花冠，时隐时现

我多么像一个笨拙的工匠
年复一年，打磨文字
早年来树下集结的友人
在风中，相继四散离去

那些灵动的文字
常常让我的心久久沉醉
哦，诗神赐予的蜂蜜
对我，是诱惑，也是补偿

我相信，大善与大美
已经离我不远
坚持，是一种选择
即便洪峰淹没头顶
我的心，已静如菩提

黄竹笛

相伴村口哗哗的小河
以及香樟树下闪动的牛铃
音色纯正一如不改的乡音
欢快地吹奏了十四年哟——
我的溢香的黄竹笛

这些纯朴的音乐旋律
充盈我最初的记忆
在都市噪声的缝隙里
它依旧余音袅袅——
我的清瘦的黄竹笛

伫立于城市的江畔
期盼江水漂下那亲切的声音
平静如镜的江面上
只传来远处机器的轰鸣
如今你在哪里——
我的童年的黄竹笛

（《摇篮读写周报》1995年第40期）

拾贝

曾经 我总在寻找
一枚美艳绝伦的贝壳
托在掌心的
总是一只粗粝的海螺
宛若渔民壮硕的指节
随着潮水的涨落
鲜活地律动着

我凝视良久
细细把玩
终于 将它抛归大海
只听海面溅起一声
如释重负的叹息

1992年1月20日

哭嫁

你就尽情地哭吧
岁月悠悠，山高水远
你就放声地哭吧
父母恩深，兄妹情长
客家女子的泪水
仅在亲人和故土面前
长流

迎亲的唢呐在门外催促
那音色多像客家女子的心
且喜，且悲，悲喜交织
为什么女人的幸福
总要伴随骨肉的分离

起轿的瞬间
娘附在女儿耳畔叮咛
到了那边可千万别哭
想哭的时候，就回来吧
亲娘陪你痛哭

村口，依依摆动的柳枝
多想掀开那火红的盖头
多让乡亲们再看一眼
客家山村最美的花朵

1998年5月8日

老石匠

钢钎砸下去
溅起一星火花
汗水砸下去
开成一朵盐花
炮眼里 填满力气与激情
插上导火索
用目光点燃它
沉默的大山 终于开口说话

生活 实在太坚硬了
手掌 不得不以粗糙的老茧
与冷峻的金属相砥砺
额头 不得不以古铜色的皱纹
跟锐利的风霜相抗衡

生活 实在太坚硬了
生命中的软弱部分
早已被剔除得干干净净
一副铮铮作响的钢筋铁骨
一辈子让满山的石头
甘拜下风 俯首称臣

怀念村庄

站在群山的巅峰
眺望故乡
视线里　只有起伏的山峦
散淡的云雾缭绕其间
此时　南方的地平线上
一座静谧而遥远的村庄
我的乡亲们生生不息

季节进入秋分
该是晚稻成熟的节气了
稻穗　童年
小河　牛群
人丁兴旺的村庄
一个曾经亲昵无比的乳名
正在渐渐陌生

一遍遍回想粮食和水
这些故乡的恩泽
给了我智慧和灵性
以及健康的体魄
一天天盼望村庄的消息
在山巅　为我的乡亲们祈祷

愿你们平安 愿你们吉祥

在这个小小麻雀衔不住的
秋天 我不住地问询
我是一颗
故乡伤心的眼泪
还是故乡欣慰的眼泪……

1994年12月6日

雪地上的脚印

记忆中 一串野兽的脚印
曾经在雪地上延伸
那时 我的内心充满幻想
童话般美妙的想象
不懂得身旁潜伏着危险
就像严寒 肃杀 哀伤
散落在冬天的每一个角落

如今 我坐在这山岗上
看无数不知名的山花盛开
苏醒的鸟儿吱喳叫着
自由自在地在天空飞翔
我见过的那串脚印
早已随着积雪 消失
就像所有的阴影
都无法阻挡春天的来临

1997年3月11日

第三辑

春天的短歌（组诗）

/ 枕着春天的臂弯入眠 /

春风驿动 席卷南方的丘陵
谁的内心像一簇桃花
在月下绽放
孕育一冬的芬芳汇成溪流

怀念孑然避世的隐者
这样的狂想使人怦然心动
我们被博大的春天凝视着
灵魂披上恬淡的光泽

在梦中咀嚼苦难
睡梦中 跳傩舞的女子
沉默不语 裙裾翻飞
足音响彻安身的土地
我心境澄明 如雨后青山

将忧伤从内心驱逐
一些朴素的文字在飞翔
宽容和隐忍
成为春天的意蕴
涵盖了我们安宁的呼吸

/ 在春天的一隅倾听音乐 /

音乐的季风掠过江南
春天的一隅　陋室成为圣殿
我微闭双眼　虔诚而真实
怀想童年最美好的事物
母亲的炊烟袅袅升起

牛背上悠扬的笛声
曾赐给我斑斓的幻想
夏夜的一阵阵蛙鸣
曾经温暖一个个梦乡

如今　这一场旷世大火
使苍白寂寞的人
无法对疼痛保持沉默
布谷鸟在火光中起飞的瞬间
天堂之门已向我们洞开

多想让浑身的血液变成盐
投入这场篝火之中
幽蓝的火焰重临内心
使多余的语言化做灰烬

/ 春天 我洗净双手 /

春天 我洗净双手
抚摸一株株返青的小草
一颗颗萌动的柳芽
鸟儿金黄的绒毛
也勾起我触摸的欲望
有了这些娇小生命的陪伴
我的心灵不会孤独

我洗净双手
为亲爱的人梳理头发
发间白亮亮的银丝
是去年深秋的霜
还是今年隆冬的雪
拔去它们吧 让我
再插上一朵最美的花

我洗净双手
翻开尘封的诗书
久违的书香啊
带我回到童年的家园
忙碌的日子来不及思考
人生在世 其实
我们离不开春天的树荫

（《回归》总第9期）

汲水的女子

返回石寨
月亮浮上背脊
清冷的雀子退守孤林
生殖　栖息
雾霭沾湿羽衣

粼粼清水
家园　名符其实
薄荫之外　旧日的瓷碗
泛起吉祥的辉光
汲水的女子
已默默为水所伤

倚窗对镜
乌发在青铜的火焰里
成为祭品
深院　地碧苔青
水中的日子　轻尘
昭示一个焦灼的季节

傍晚走过石阶时
野菊微微颤动

点点开在先知的双唇
山外的少年才子
系马高楼 饮酒吟诗
在一株茱萸近旁
等候良久

直待饱蘸果汁的夕阳
将额头镀亮
汲水的女子 褐色长裙
和秋草一起流浪
贴身锦囊里
藏着水一般的嫁妆
几件银饰
叮咚作响

（《诗家》总第27期）

冬夜无眠

第二夜
祖父托起的鸟儿
呈翡翠颜色
欲望在灰烬中
尽情舞蹈
隐逸的君子览遍秋风
月下 朗声谈笑
案几上的诗笺
瘦若桂竹

佛香飘临
丽色女子手捧祭品
款款走过窗前
点火自焚
刹那间 纷纷剥落

水湄的箫声
夜夜溅湿乡情
黄酒添愁

载不动舟楫
聆听苦恋的艾草
盘算归期

翡翠鸟镌刻墓碑
或托在祖父的手中
我想大约不会在今夜
衔花飞回

（《新诗人报》总第21期）

青花瓷瓶

一千年等待
瘦了怀春的青花女子
温润的肌肤
像青色的百合
在风中一瓣瓣盛开
古典的余晖 一缕缕
照亮窗前洁净的诗笺

白瓷如雪
火焰描画的细眉
锁不住亘古的幽怨
月圆的秋夜
激情溢出时光的瓶口
那翩翩舞动的青龙
是你心仪的男子么

相思绵绵不绝
沿着箫声流淌
泪水濡湿了谁的素妆

爱的甜蜜与疼痛
是与生俱来的胎记
再过一万年
也无法将它抹除

找水的路上
我被青花女子的美
击中探寻的眼睛
生活从此变得简单
深居简出 自给自足
天晴的日子
想象漫天飞舞着雪花

桃花开了

桃花开了——
这句隐含玄机的箴言
在村子里悄悄流传
湿漉漉的枝桠
春水被火焰点燃 焚烧

桃花开了
像一颗石子掷进湖水
掀起的波纹圈圈荡漾
岁月爬上额头
比桃树的年轮更加清晰

在花海里流连
谁都探不到海的边缘
桃花把季节推向深处
花香有多深
春天就有多深

桃花开了
女孩晃动的发结
像一只好看的蝴蝶
刚飞到我的面前
满树花儿就结成了果实

（2005年3月25日《赣南日报》）

疼痛十四行

疼痛渐渐隐淡 像三月的羔羊
在迷途中找不到心灵的居所
雨水伴随天空的呻吟
从夏天的树冠纷纷坠落

是谁 正在剥夺我的痛感
生命之芒 起伏不定的水草
我将以最最锐利的笔尖
不停地划击自己的灵魂

孤独的时刻享受孤独
这就是我的生活 在大江以南
生存的法则受到物欲的威胁

当伤口流尽最后一滴血
羸弱的诗人啊 疼痛的终点
那一簇玫瑰 是多么轻盈美丽

1997年5月9日

晚香

子夜时分的音乐
绽开所有的花瓣
我看见尘封的往事被击碎
汉字飞起　像夏天的鱼
在石榴的海中飞起

水流悄无声息
漫过清凉的梦境
桔黄色灯盏挂满果实
这闪烁的光焰多么祥和
诗歌宁静的眼神
让我怀想清贫的日子

月色之中　爱情像受宠的鸟儿
依偎在露珠的边缘
羽毛晶莹透亮
情到深处　恰如步入天堂
玫瑰的美丽
源于生命的光明与圣洁
使人们的心灵感悟春天

火苗跳动　纯洁的孩子

在桂树下摇响风铃
让我带你回到水湄的家
为你剥开一枚紫果
为你打开东面的窗户
让每一个黎明
阳光的颂辞在窗口飞扬

馨香四溢的夜啊
柔软的手指抚摸我的脸颊
我要用感恩的泪水
洗净燃烧的思想

（《晨风》总第5期）

午夜的回声（组诗）

/ 幕启时分 /

这一刻我就站在舞台中央
熟识的人群纷纷隐匿
温情和友谊成为奢侈
孤独蜂拥而至
无际无垠

有谁能夺去我的珍爱
在梦里 语言宛若风暴
将睡眠一一摧毁
征服林地 河流和羊群
思想却如温泉
从寂静的圣域汩汩流出

音乐是一种信念
引领众神起舞
帷幕就要徐徐拉开
那个金灿灿的预言
像一柄高悬着的剑
能否划破恒久的沉默?

/ 林妖 /

秋天 巫婆的预言由远而近
童话从典籍走来
向童年走来 渐渐逼真
一些神秘的音符
高贵而浪漫
弥漫了整个季节

我们恍如婴孩
却感叹时光的流逝
静寂的林子深处
每一道斜阳 碎屑斑斓
露珠凝结在草叶上
善良 真实
行色匆匆的浪子 驻足徘徊
还有什么比泥土更让人亲近

你说 黑森林孕育生命
黑森林创造奇迹
一群纯净的鸟儿 我的孩子
它们的啼鸣
正掠过林涛 向长空飘飞

远处 圣火风吹不灭
无数萌动的新芽
就在我的四周
拔节而生

/ 折叠的爱情 /

有一些固执的念头
像增生的骨刺
深深潜藏在体内
忧伤的日子
它使你隐隐作痛

海变得遥远了
渔火 帆影 皆成回忆
风平浪静的时刻
那座小岛依稀可见
且时时近在咫尺

初恋的誓言 相思柳
枝叶枯黄 随风飘散
错过的归期里

歌声来不及收拾行装
遍地野草就将驿道淹没

冬季年复一年来临
温湿气候生长的苔藓
就像悔意 此时一片片剥落
窗玻璃上总有冰凉的花朵
晶莹 无奈
如你离去时凄清的眼神

窗外 一只黄鹂无助地翻飞
使我忆起 那年
盘旋在海面上空的鸥鸟

/ 沉默的羔羊 /

家园虽然贫脊
我们从没有嫌弃的念头
维护着它 善始善终
且恪守古训
以及大大小小的规矩

站得太久
两脚交替承受重心
很多时候
我们的美德被人藐视
宛如柔弱的海绵
被任意搓揉

恶行像劣质肥皂
一时的猖狂入侵
打家劫舍
不能改变什么
阳光下晒一晒
总要萎缩变形

最锋的箭镞
最快的刀刃
当然是精良的武器
风和日丽的日子
它们却藏而不露

（《贡嘎山诗歌报》1994年第4期）

玄色黄昏

旋转了千年的舞台
依旧跟随星球旋转
依旧是马匹　花朵和骨殖
列队走过　继而升腾
留下欲望的海
留下苦苦泅渡的人群

最犀利的语言已经钝化
一些艾艾怨怨的往事
沉默而固执　站立身后
仿佛一株枯死的树

冷月下所有的忧郁
为我独自揽过
燃烧的酒和菊花
把伤口　苦痛　一一覆盖
太阳远去了
风暴还未来临
这漫长的黄昏和黑夜
唯有诗歌
将我的生命照亮

（《贡嘎山诗歌报》总第6期）

雨夜之灯

我回到家园 拂去肩上的尘土
我平息内心的激动
颤栗的双手轻轻合上
这是一个风凄雨糜的夜晚
拥抱饱经苦难的村庄
在一盏油灯下
许多碎裂的声音占据了我

我听见炊烟袅袅的乡音
以及揪人心扉的情歌 稻草垛
里的童谣 还有一位死者的
请求：把我永远安葬在这里！
那清晰的话音穿越我的沉默

我真切地感受到一种疼痛
来自诗歌中那些苍白的哭泣
来自哭泣中那自足的灵魂
我渴望唤醒语言和触觉
我想在这个雨夜驾一辆马车
狂奔于真实的村庄

这个雨夜的灯火

在我的脸上映出无数条道路
成为我的宿命 我的光荣和梦想
即使最后的道路只剩下河流
即使理解或诠释它
需要耗费终身的时光

（《晨风》总第5期）

夜来香

静静中秋月
泻下满庭银光
郁郁夜来香
低首默默无语
馨香随风飘
我心欲醉还醒
起伏如潮汐
夜来香
盈盈幽怨
向谁诉说……

（入选诗集《诗帆高挂》）

读你的感觉

黄昏读你　你是一颗星辰
黎明读你　你是一轮红日
寒冬读你　你是一朵雪花
春天读你　你是一瓣新芽

泛舟大海　你是永远沉默的岸
登上山巅　你是天边的一抹蔚蓝
浪迹天涯的我啊
此生读你
你是遥遥无期的家园

散步

当黄昏来临的时候
一些人的影子长成树，或者山冈
我们手拉着手，衣袂飘飘
光阴似乎失去了重量

风声里，透着博大的沧桑
怀想那些忧伤而无助的日子
往事纷纷被暮色溶化
街边的树荫下
情侣们张开明亮的翅膀
一言不发，从容飞翔

等待一个人
或许只需要一瞬
或许要花费一生的时间
中午时分，公交站牌下
爱我的人伫立在风中

现在，我们回家吧
执手相依，踏上熟悉的小径
不再叹惜逝去的春光
我们回家吧
不管身后盛开的
是玫瑰，还是一万朵雪花

钻石

钻石恒久远
一颗永留传
　　——摘自电视广告

哦　钻石
你是那个遥远的黄昏
进入我心脏的吗?

多少年　我们相互为敌
又相依为命
像揉进蚌壳的沙子
你坐进摇篮深处
乐于被钙化的心事
一层层囚禁

在暗夜里
我想象你的华丽与锋刃
感受你咄咄逼人的呼吸
哪怕一声轻轻的诉说
也使我的胸腔翻涌
血液钢水般颤栗

你幽蓝的光焰
曾经给我温暖与慰藉
我试图将苦难看作幸福
将不经意滴落的泪珠
一颗颗拾起
小心翼翼地珍藏

我已习惯人海中的孤独
习惯将逼真的梦境
交给无可回避的现实
钻石 我的宝藏
请不要再伤害我
不要给我负重的灵魂
增添一丁点儿忧伤

人们说 世事如棋
为什么经历了许多风雨
你还是这般坚硬无比
难道最最炽热的爱情
也无法把你熔化吗?

钻石啊
你还将在我的身体里
隐遁多少春秋?

（《晨风》1996年第2期）

插桑的少年

插桑的少年神情肃穆
静悄悄走向泥土
他的秘密
不让春天知晓
他的心事
在梦中生根 萌芽
枝叶繁茂

怀揣一冬的蚕子儿
纷纷破壳
无数张小嘴哭哭嚷嚷
插桑的少年心急如焚
望着光溜溜的桑枝
向春天祈求

（1996年5月21日《摇篮读写周报》）

玻璃匣子

深秋 金发高高绾起
情人 款款步出闺房

奉献什么给你 我的情人
怀揣了一冬的雪花
早已消融 随缘逝去
擎举了一春的玫瑰
早已枯萎 芳香不存
弹奏了一夏的木琴
也已喑哑 余音如泣
心事比星辰还多的午夜
情感的船只
驶抵你的恩泽 却在
黎明的泪痕抛锚

风铃 鸽哨 在远方脆响
这是一个无可掩饰的季节了
仰望高远的长空 我要
动用积蓄此生的勇气
对你说声 嫁给我
你会是漂亮的新娘

（《群众艺术》1994年第13期）

聆听菊语

夕阳渐斜
秋霭薄如颂歌
古典的书僮拾阶而来
怡然自得的男子
品酒 温习早年的诗书

罗幕掩处
人影依稀浮动
幽咽的机杼声
沿红墙蜿蜒飘出 嘈嘈切切
诗中仙子花事繁忙
手上的嫁衣蜂蝶翩跹

而九月的编钟
火焰升起
遍绕篱边
锻冶醉卧桃源的酒具
宿世的风流才子
轻摇羽扇
削竹为笔 醮泪而书
阅一川烟雨
穿透千年风尘

暮霭薄如颂歌
菊风吹来重重秋色
赏花的人 身着布衣
坐在一滴斑竹的泪中
年年怀想
姐姐出嫁时的红晕

（1995年12月21日《海南新闻图片报》）

灯下对镜

这一刻
你摘下有意无意的面具
出神地打量自己
白昼的经历一览无余
抹去几许陌生 几许疲惫
悉心梳理脸部的情绪
让烦恼纷纷飘落
快乐真实降临

灯下对镜
孤坐的你被静谧感染
这是一个不同凡响的夜晚
你思维清晰
想起粮食和水
诗歌与爱情
还有一个充满未知
散发诱惑的明日
渐渐逼近

(《青年诗人》1994年春季号)

生存或自嘲

我吞服速效胶囊的速度
总是很快。“咕咚”一声
两粒药丸就像两颗子弹
穿越咽喉，直捣病灶

我读书也有这个习惯
囫囵吞枣。常常
被先哲们的枣核
撑得消化不良
父亲曾经告诫：
这活法，早晚会害了你

父亲的话不幸言中
当一盒假药和一本盗版书
联手向我袭来时
毫不设防的胃和思想
齐齐受到重创

大病初愈后，我擦干泪水
找到药店和书店讨说法
他们却连声诉苦
说我买药和买书的钱
全都是假钞
已被银行没收

（《回归》总第11期）

我的布鞋

我幸福是因为我知足
夜晚，我的那双平底布鞋
像一对听话的孩子，静立床前
我轻轻拍去他们身上的尘土
然后上床，安然入睡

这对黧黑的、土气的孩子
出身贫寒，却不见一丝畏缩
也不因主人的地位低微而自卑
真令我感动，心添几分珍爱
这个秋天，能做到这些
已是很不容易了

白天，他们陪伴我在生活中奔忙
滚滚红尘，他们一定遭了不少罪
受了不少高贵的鞋们的白眼

人生的道路，到底有多么不平
我的布鞋无疑最知底细

这对不知嫌贫爱富的黑孩子
注定是我的亲密伙伴
有人问我，怎么走路四平八稳
不温不火？我笑了笑说
踏实。不费鞋。不易跌跤。

（《星火》1999年第4期）

微光

微光透过窗户
这些星星和月亮的使者
将一段失眠照亮

白昼 一匹离开草原的马
耽于欢娱 蹄声交给浮华
巨大的欲望压迫着灵魂
使远方的梦回到远方

微光照在素净的稿纸上
诗歌更加清瘦 芳香四溢
像黑暗中绽放的梅花
诗中的蜂蝶 翩翩飞舞

闭上眼睛 任微光与黑夜之黑
抗衡 模糊生存与死亡的界限
挚爱在返朴归真的途中
变得生动 不改初衷

夜渐深 听觉敏锐而多疑
早已厌倦虚幻的笑语欢声
但愿从微光

驿站

许多稚拙的图画
随意涂抹在墙壁上
若干年后　它们成为古董
谁能破译这些神秘符号
过往的旅人费心琢磨

我在诗歌里徘徊已久
无论一位挚友还是一本好书
都能将我的奔马勒住
空空的行囊
即刻丰实富有

心灵不应是城堡
将美和真诚囚禁　或拒之门外
不是明智的行为
惠风和畅的大自然
人人都有一块宁静之地

从来不奢望金币和美酒
只求一座简朴的驿站
让我进入　并且小憩
我就心满意足

（《锦江诗报》总第31期）

远行

这个寒冬的旷野
唯有火焰
能够指明春天的来路
一株苦楝站立风中
曾经刻骨铭心的伤痛
正在渐渐隐淡

干草燃烧着
积聚的渴望纷纷爆裂
火光里
我不停地濯洗孤独
等待旅人的琴声
将无垠的荒野穿透
等待最后一朵雪花
进入旋律的深处

万物分娩的时刻
我将要离开城市
去寻找复活的诗神
其实 我的内心知晓
沉默就是
誓言深处的雷声

（《赣南文化》总第11期）

壁虎

就在回眸那一瞬间
蛰伏的壁虎
你隐藏的忧郁
被我捕捉

英雄和美人
纷纷携手远去了
那世界花香四溢 歌舞升平
繁复的场景流淌洒滴

壁虎蛰伏
以什么抚平今夜之伤
不羁的野马 跃过平川
一星灯火 照亮天堂
潇潇而至的圣音 引领头颅
以及心脏 等待一朵黑玫瑰
在彼岸 盛开

最后的一块亮色这般辉煌
褐色的精灵微笑着
深深的沉默漫过夏夜
抵达故乡

（《固守诗报》1995年第1期）

月光下

月光下孕育的小小风暴
已弥漫我的整个归途
那些闪烁的星晨
在夜幕中播撒微火
仿佛行囊里作响的碎银

走过最后一个垭口
便无法感知你心脏的跳动
可怜的人啊，这个黎明前的夜
你的长发飘散着
时时抽打我脆弱的许诺

我难以遁入冥想之国
真实的少女在月下伫立
面对你坦露的酥胸
比山峰高洁的纯情啊
幸福的泪，融雪的日子来到了

爱情已在尘世泛滥
像沙漠里的沙子
我甘愿沦为时间的仆人
圣地的歌吟使我们沉浸
使我们空洞的内心
披上神性的光芒

我们总在平淡的梦幻中
守护月夜，触摸明天的影子
等待太阳出世的那一刻
谱写的音符纷纷复活

（《晨风》总第2期）

眺望远山

冬天来到了
天边那朵圣洁的云彩
是正午阳光下最纯粹的语言

远山，地平线上高昂的头颅
仿佛已经等待了千亿年
每一次美好的怀想
都像甘醇无比的美酒
亲昵而深刻
滋润我饱经沧桑的心

时间从不停止对我们的侵蚀
多少年的深居简出
血液似乎在脉管里慢慢凝滞
灵魂之羽也在俗世之中
渐渐趋于萎缩

眺望远山，视觉里最明亮的晶体
全在一瞬间
六月荷花般缤纷斑斓
渴求飞翔的欲望
在每一个细胞里嘭嘭作响

（《武汉电信报》1996年第74期）

冰封的隔夜茶

以指尖触摸昨夜情怀
所有的无奈被你渲染
犹如季节 酷夏进入严冬
悄悄然 杳无声息

此刻 你静若银河
隔开两个节气的寒暑
笑靥变得苍白
誓言纷纷风化

我以泪为酒
焚心于诗
让你感受微弱的体温
只想知道 郁结的梦中
是否还有一息春绿

（《玉女峰》总第12期）

陌生的人

朋友多么熟悉
银行员工多么熟悉
歌厅小姐多么熟悉
商业上的伙伴
我是多么的熟悉
有这么多熟悉的面孔
我的生活格外踏实

偶尔对镜小坐
镜中人是谁呢……

（《诗歌报月刊》1998年第7期）

五月的一天

清晨　我从容地等待一轮红日
在群峰之间　升起
紫气弥漫的东方
光明的花树冉冉生长
初夏的季风拂过山巅
小鸟像一片片歌唱的叶子
轻盈地拨动阳光

辽阔而坚实的大地
太阳万方普照　与我们同行
目光所及的山野植物繁茂
莽莽森林泛起涛声
树木的内心　年轮
如同水波一般荡漾

曾经多少时候
我在梦中高擎着杯盏
为美好的生命祝福
今夜　我的孩子

五月里盛开的花朵
笑容带着春天的芳香
在生日烛光的映衬下
分外光彩照人
我的诗篇与赞歌
为你而写　为你吟唱

（《武汉电信报》1996年第74期）

苎麻地

无数矫饰的情丝
被一一扯断
真正扯不断的
是那苎麻一般结实的乡思

在我居住的都市丛林里
在月色之中
遥想故乡的苎麻地
仿佛有翠绿的清香飘来
沁润干涸的心田
当年离家的辉煌
早已成为过眼云烟

母亲的手指在织物里穿行
油灯下 泪花如莲盛开
层层叠叠裹住双眸
殷殷的期望
如苎麻 一节节长高

今夜多么寂静
苎麻地 就在故乡憩息

（《回归》总第2期）

月蚀

今夜不同凡响。入睡的时候
大师自言自语
檀木卦盘飘泊在水面

独步空斋
探望古旧的窗棂
昔日情人杳无行迹
暗器却如影子，紧紧追逼
暖一壶陈年松子酒
慢慢啜饮
听横渡的寒鸦
啄醒天下好梦
芸芸众生，依旧睡眼迷蒙

细细品味睿智的箴言
无眠之夜，为荷所爱
与为荷所伤的日子
总在一颗泪珠之中
缓缓升起
冥冥的鸟儿飞走了
漠漠孤帆却已溅湿
饱经沧桑的青丝

全在一念之间
白如霜雪

大师沉沉酣睡
大师安详的睡容
不能弥补今夜的残缺
门外
看似圆满的清辉，银银亮亮
铺洒在通向远方的路上

（《诗家》总第29期）

怅望雨帘

哗哗哗哗——
三月的雨
是一道水织的帘栅
隔开晴朗的天空
隔开洒脱的阳光
隔开翩飞的紫燕
还隔开
一把亮丽的花伞

三月
雨将愁思织得好密
远方的屋檐下
是否也有一双忧郁的眸子
在望着雨帘
发傻?

1992年7月27日

窗外的荷花

窗外的荷花盛开着
每次打开窗户　我看见
她们站在静静的水面
站在伸展的绿叶之间
颗颗露珠　晶莹剔透
多像我明亮的心情

微风　轻轻掀动衣衫
我聆听一支水洗的歌谣
唱响这个寂寞的夏天
许多美若天仙的孩子
却始终缄默不语

我看到阳光躁动的喧哗
一只红蜻蜓穿梭飞舞
偶尔停在花梗上
它精灵般的影子

会不会在我转身的瞬间
将满池繁花掠走？

荷花的清香使我沉醉
在夏天 我所钟情的女子
平静地生活在我们中间

1996年12月18日

挚友小聚

指间之火　燃尽
眸子积淀的风尘
杯中之物　溶化
心头厚厚的盔甲
两匹躁动不息的马
终于在这个秋天的驿站
意外重逢

快乐频频举杯
烦恼随烟蒂扔了一地
岁月老人拉开的距离
转瞬间缩短为零
秋天开始沉醉
唯灵魂依旧清醒
聚也依依　散也依依
潇洒地道一声保重
急促的蹄音　又响彻
两条生命的轨迹

（《贡嘎山》1994年第4期）

夜读

饥饿使我心猿意马
大段的文字
像一群苍老的妇人
在最后的读者面前
失去魅力

我取出奶粉
这些精制的乳汁
成为物质的发言人
将我积蓄一夜的清高
冲得落花流水

随手打开电视
“今夜你会不会来
我的爱还在不在……”

今夜我不来
谁知道爱还在不在
我自言自语

放下杯子
重新回到书桌
不慎撒落的一些奶粉
在台灯下面
闪着诱惑的光

（《锦江诗报》总第33期）

植树

掀开门帘　日子就暖了
走向田野　春天就近了
挖开板结的泥土
浑身的骨骼就活络了

从祖先培育的苗圃里
移植一株幼小的树
这样的事业
说容易么　其实不容易
说不容易　其实挺容易

树已栽好　太阳却临近中年
我继续在一个汉字下打坐
多少年来　在它的漩涡里
荒废了无数时光
这样的结局　是惩罚
还是与生俱来的宿命?

燕子在头顶呢喃飞过
眨眼间　身旁的小树
竟像我深深爱恋的女人
长得亭亭玉立　风姿绰约

摆渡老人

一杆竹篙
握在你枯瘦的手里
是一支力量凝聚的铁笔
一条大河
横在你坚实的脚下
是一张岁月铺就的稿纸
投入全部的青春和生命
书写渡口的沧桑历史

撑走一个个风雨黄昏
迎来一个个灿烂黎明
此岸与彼岸的彩虹
在渡河人的微笑中
升起

（1993年6月16日《赣南日报》）

希望小学

那时节适逢初春
站在依旧侵人的寒风里
一幢崭新的教学大楼
呈乳白色 扑入眸子

这是一块苗圃
栽培希望和未来
琅琅的书声
伴随着鸟语花香
一颗颗五月石榴般的花蕾
因吮吸了众人的挚爱
和知识的阳光
竞相开放
光彩照人

（1995年6月27日《摇篮读写周报》）

山歌

这株音乐之树
已在故乡的山野
生长千年
宽阔的叶子 掠过
如风的岁月 以及
无数古老的传说

祖先苍劲的歌声
是一阵阵春风
一场场大雨
将爱情吹向山岚
将智慧洒遍田园
将民间圣洁的音符
滋润得郁郁葱葱

啊 故乡山歌
是一把金色的种子
早已播撒心头
半梦半醒时分 长出
一簇健壮的幼苗——
“哎呀嘞……”

（1994年3月3日《赣南日报》）

试验区随想曲

翻过去一页辉煌的历史
犹如翻过一座横亘的高山
外面喧腾的世空展现眼前
我们像刚刚学步的孩童一般
历史毕竟属于过去
未来靠我们的双手去建设
把往昔的荣誉深深珍藏
续写明天壮美的画卷
改革的大潮浩浩涌来
英雄的土地自有崭新的风采

（1990年9月5日《赣南日报》）

写给春笋

谁说你一生沉默不语？从冒出大地的那一瞬间开始，你就以按捺不住的激动心情，加入了春天的大合唱！

然后，你沐浴和煦的春风，沉醉于热烈的夏之季风，扶摇直上，蓬勃生长，拥抱蓝天和白云。

经过不懈的追求，你终于成功了。

你成为牧童的短笛，在希望的原野吹奏一支支田园牧歌；你成为农人的扁担，伴着一路欢声笑语，唱起了秋天的收获之歌；你成为都市里的脚手架，沸腾的城市生活里，有你不朽的建设凯歌；你成为一件件精美的工艺品，在改革开放的大潮中，向世界各地播洒一曲曲友谊之歌……

春天是一部美妙的交响乐，你就是那乐章的灵魂——春笋！

（1992年4月23日《赣南广播电视报》）

无月之夜

独坐窗前，聆听远方的悠悠钟声；一曲怀旧的歌谣，固执地在耳廓响起，余音袅袅……

今夜无月。无助的手，在黑暗中游动，试图排遣夜的虚空。满城的万家灯火不属于我，属于我的，唯有无涯的漂泊，无边的寂寞。往事如烟尘，纷纷退却，受伤的心却更加脆弱；泪水洗不尽脸上的沧桑，夜幕里飘渺的音符，已被泪水溅湿。试问温暖的梦巢啊，为何容不下，一只流浪多年的小小鸟?

无月之夜，窗外相思树拔节而长，郁郁葱葱。遥望静静的夜空，你的明眸，仍是今晚最亮的星子。

1993年11月19日

问候

问候是不经意响起的鼓点，随着岁月的足音，一遍遍轻叩我们的心扉。

问候是一束飞扬的花絮，将记忆带回到远去的故事。问候是一缕轻柔的春风，将心中的冰雪化成泉水。问候是一抹绚丽的彩霞，把你的向往捎至异国他乡。

问候可以是晨露，在你跋涉之时为你润一润嗓子；问候也可以是美酒，在你成功之日向你祝贺，为你助兴。问候可以是隽永耐读的小诗，问候也可以是“形散而神不散”的散文……

问候不求华丽的辞藻，一声寻常的招呼，几句温暖的话语，道出多少朴素的牵挂，洋溢浓浓人间的真情。

问候不是镜中的月，水中的花，心与心多一分关爱，人生就多一分温馨，世界就多一分美好。

（1998年3月11日《赣南日报》）

岁月

从从容容，像一条缓缓流淌的大江大河，自亘古的洪荒源起，向遥远的未来流去，容纳百川，荡涤污垢。人的一生，不过是江河里的一朵小小浪花。

匆匆匆匆，好似一位忙着赶路的旅人，心急如焚，只问前方的路程，不畏任何艰险，更顾不上身后留下的一串串脚印。

悠悠悠悠，仿佛一朵凌空飞舞的雪花，悄无声息，飘落双鬓，待你蓦然回首，方觉青丝已成白发，惟有不断进击，才能体现人生的价值！

（1993年5月20日《赣南日报》）

故乡的河（外一章）

循着那年春天的燕语，一路寻觅，一路呼唤你的名字；远走他乡的游子，心中的愧疚怎能报答你的养育之恩?

——故乡的河啊!

原以为城市的阳光，早已把我湿漉漉的人生晒干。晒了十四年哟，一攥还是一把水声，焦渴的日子，便从乡思里拧出一滴滴水珠，滋润心田。

——故乡的河啊!

沿着那年夏天的蝉声，一路风尘，一路哼唱你的谣曲；酷爱跋涉的游子又要远行，请为我祝福，等待我的归期……

——故乡的河啊!

独步夕阳

在这片灿灿的夕阳里漫步，陡然记不起，现在该是深秋还是初冬了。夕阳的光芒镀在双肩，以及身后影子的轮廓上，心中涌动着明丽与辉煌的暖意。

明知自己的年纪还不宜这般欣赏夕阳，可悸动的灵魂怎能拒绝它的诱惑？这个时刻的阳光，是如此的亲切壮美，如此的博大辉煌。它足以溶解你的满腔冰凉，覆盖你的累累创伤，使你灰暗的心房，顿时透亮。

独步夕阳，你可以把它看成一天的终结，更应把它读成时光老人写的一篇序言。因为，明天必将来临。

（1994年1月5日《摇篮读写周报》）

红花草赋

在看过的花中最难忘的是你。少年时光，我天天走过你的身旁；参军以后，你年年走进我的梦乡；写诗的日子，你又常常盛开在多情的诗行……

在娇艳的花中最质朴的是你。种子从粗糙的手中撒向泥土，决定了你朴素的一生：置身田野，默默地萌芽，默默地发叶，默默地开花……

在所有花中最高尚的是你。花开季节，你为了完成改良土壤的使命，全身心投入泥土，以生命为代价，换取庄稼的好收成。

在世间的花中最亲近的是你。想那如花的童年，跟着大人们搬个小方凳，坐在和煦的阳光下，采摘你殷实的种子，纯净的心灵，又憧憬来年的遍地繁花……

（1995年7月19日《赣南广播电视报》）

第四辑

守望山巅

一弯新月，带着甜甜的温馨，
慢慢地升起、升起——
爬上树梢，
爬上屋脊，
爬上高高的山巅。

此刻，你伫立月下，
身影融进夜的深邃，
远处，连绵起伏的群山，
将你的身姿衬托得更加坚毅挺拔——
巍巍铁塔，我的战友，
你像一位巨人，
让我体会到天空的高远；
你像一棵大树，
让我领悟到大地的深广。

曾经，我也遭遇过困惑与迷茫，
对着滚烫的酒吧驻足，
望着旋转的霓虹灯出神，
山外的精彩，
使我浮想联翩，彻夜难眠。
然而，热闹过后，

生命里出现一片更大的空白，
我知道，所有虚幻的梦境，
都安顿不下我的灵魂。

回归山巅，回到你的身旁，
和你一起聆听春雷、松涛、虫鸣，
一起看看花开花谢，日升月落，
看辽阔的天空下，雄鹰低回盘旋，
曾经收藏的梦想就长出了翅膀。
只要寻找到生命的本真，
孤独、寂寞算什么？
酷暑、寒冬，又算得了什么？

“辛苦我一人，欢乐千万家”，
不是一句空洞的口号，
那是广电人永远的精神追求；
“在岗一分钟，安全六十秒”，
不是为了挂在墙上，装装门面，
那是广电人许下的庄严承诺！

那些激情飞扬的日子里，
我们耕耘过了，播种过了，

澎湃的热血在脚下的土地流淌，
开拓，演绎着一个个动人的故事，
奋进，书写着一行行不朽的诗章。
皱纹，爬上眼角，
白发，染白了双鬓，
我们无怨，无悔，
春华秋实，信念的种子
已经长成了理想的繁茂森林！

岁月如流，生命如歌，
在时光的变幻中，
有多少星辰已经陨落，
又有多少已经黯淡了光芒？
今夜，风轻轻掠过大地，
巍巍铁塔，我的战友，
让我们在月下站成一道动人的风景，
静静地、静静地守望着山巅，
像两颗最亮的星星，
一起诗意地闪烁、飞翔！

（2008年6月13日《赣南日报》）

淡泊人生

曾经 我对着滚烫的酒吧驻足
望着旋转的舞厅出神
那摇晃的灯红酒绿
那飘逸的芳姿倩影
那舒展的轻歌曼舞
那飞动的媚眼传情
使我浮想联翩，彻夜难眠

曾经 我也参与这样的行列
垒一座方城，掷几颗星星
吆喝七条 八饼 九万
刮一阵东南西北风
卷起唉声 伴随戏语
烟雾弥漫的斗室
我的生命在沉醉

然而 热闹过后
所有的梦境
却安顿不下我的灵魂
在都市中漫步
无论我装得多么洒脱
多么像一个城里人

我身后的影子
总是穿着蓑衣 戴着斗笠
我的普通话里
总有淡淡的青草气息

多少年过去 我终于明白
我所需要的
是一种淡泊的人生

淡泊的人生
浸透着朴实 和谐 安详
像水 淡淡的
那么光洁 那么干净
像风 柔柔的
那么清亮 那么澄明

淡泊是命运之歌的美声唱法
淡泊之中
一把菜根被嚼出香味
一杯绿茶被品出清雅
淡泊比花香
淡泊比酒浓

淡泊比云美
淡泊比火红
淡泊 是温馨的关怀
淡泊 是博大的心胸
淡泊 是闪光的希冀
淡泊 是晴朗的天空

如今 我安于书房独坐
在灯下
捧读前人的智慧
吸取思想的芬芳
我乐于在寂寞中
接受灵魂的拷问
我喜欢在宁静中
寻觅淡泊的永恒

（此诗2004年在中国作协诗刊社、赣州市委宣传部等单位主办的“春天送你一首诗”赣州市谷雨新诗创作、朗诵大奖赛上朗诵）

新世纪的钟声

朋友　你听到钟声了吗
新世纪的钟声
即将在耳畔敲响
世界屏住呼吸
万物仰首期待
期待那震撼心灵的瞬间
快快到来

终于 钟声骤响
打破时空的沉寂
一声紧似一声
那么洪亮
那么雄浑
又那么悠扬
山川肃立　江河无语
袅袅余音仿佛滚过一阵阵春雷

是的　那是新世纪的钟声
是岁月车轮的撞击声
是历史前进的脚步声
是对过去的告别
是对未来的祝福

更是新世纪庄严的宣言

我们成长于钟声里
年年岁岁的钟声
丰腴了我们的土地和人生
儿时上课的钟声
山村出工的钟声
那悲喜交加的苦乐年华
在钟声的陪伴下悄悄溜走

清晨 闻钟而起
深夜 枕钟而眠
感谢钟声
它促人警醒 让人思索
让我们感受到时间的紧迫
晨钟中升起的朝阳
是宇宙间最美的风景

啊 钟声响起
我们已是新世纪的见证人
多么自豪 多么荣耀
再不能虚度时光

再不能沉湎于往日的辉煌
面向未来　面向世界
面向二十一世纪
我们信心百倍地挥挥手
对昨天说一声：再见
对明天问一声：早安

（2000年1月2日《新余日报》）

2008夏天的泪水

这是一个令人揪心的夏季
涌动的泪水
洗不尽我内心深深的悲伤
美丽祥和的国土
一场灾难，突如其来
地震，撕开大地，撕开河流
撕开一处处触目惊心的伤口
山体坍塌，地面裂缝，道路扭曲
交通阻塞，音讯断绝，暴雨如注……
通过电视传来的画面，我们
目睹了太多的鲜血、太多的死亡
太多的伤痛、太多的生离死别
目睹了无数个城镇、乡村
在转瞬之间被夷为平地
目睹了一个个温馨的家
在顷刻之间化为虚无
目睹了一朵朵鲜活的生命之花
在一寸寸枯萎，在黑暗中凋零
巨大的恐惧与绝望
使这个夏天成为泪水的海洋
悲痛的海洋……

这是一个灵魂升华的夏季
涌动的泪水
冲不淡我心中深深的感动
挺住，汶川
挺住，灾区的亲人们
总书记来了，总理来了
解放军来了，公安武警消防战士来了
全国各地的救援队、医疗队来了
日本、俄罗斯等海外救援队也来了
带着各种救灾物资
带着全国各族人民的温暖
带着世界人民的一片爱心
日夜兼程，急急赶来了
救人，救人，救人……
争分夺秒，与死神争抢生命
瓦砾中，废墟里，余震还在继续
“只要有一线希望，
就要付出百倍的努力！”
一曲曲生命的赞歌，响彻华夏大地……

面对荧屏，我本应该选择坚强
涌动的泪水

却总是止不住溢出眼眶
为用尽最后的力气抱紧婴儿的母亲
为在废墟中打着手电读书的女生
为无能为力救出孩子而放声大哭的特警
为一组组飙升的伤亡数字
为一次次拯救所创造的生命奇迹
为慷慨解囊的企业、明星、富商
为排着长队献血、捐款、捐物的市民
为一个脊梁挺直的民族
为无数信念坚强的人民……
因为有爱，我们续写患难与共的故事
因为有爱，我们演绎感天动地的传奇

汹涌的泪水，还在尽情流淌
淹没了这个不平凡的夏天
闪耀着人性不朽的光芒

（2008年5月20日《赣南日报》）

红土地上的绿色交响

这是一片红色的土地，
这是一方绿色的家园，
在这里，丘陵绵延，水碧山青，
累累硕果飘溢出阵阵清香；
在这里，田野辽阔，牛羊遍地，
兴旺的乡村奏响起欢快的田园牧歌。
这块富饶而美丽的土地，
曾留下许多动人的诗篇和传说。

然而，战争的创伤，乱砍滥伐的蹂躏，
使得山峦光秃了、河水浑浊了、河床变浅了，
一处处不毛之地
像少女头上的一块块疮疤，
令人尴尬，令人痛惜，令人触目惊心！
昔日的膏腴之乡，成了“江南沙漠”，
土地退化、生态恶化、水旱灾害频繁，
民众的生存之路，变得何其艰辛！

水土流失！水土流失！！水土流失！！！
大自然的警报，一遍遍厉声响起，
若再不加以治理，
“兴国要亡国，宁都要迁都”，

绝对不是危言耸听。
严峻的现实，使赣南人从噩梦中猛醒：
必须改变面貌，必须改变命运，
再也不能这样得过且过了！
向裸露的红土地讨还绿色，美化家园，
这是赣南人与大自然的抗争中
萌发出的一个伟大觉醒！

绿色，是生命的底色，是人类的希望，
憧憬绿色，钟情绿色，豁出命来营造绿色，
是赣南人重建生态文明的主旋律。
主要领导执掌帅印，一呼百应，
各个部门通力协作，有人出人，有钱出钱，
群众的热情和智慧发挥出来了，
千军万马保水土的宏大场面营造起来了……
绿色的希望化为绿色的旗帜，
在赣南大地冉冉升起；
绿色的憧憬化作坚韧不拔的精神动力，
在赣南大地刮起一阵阵绿色的旋风！

一棵棵树，枝叶婆娑，
一缕缕轻风，拨动一个个音符，

奏响动人的绿色交响曲。
大自然是公允的，人类给她几份厚爱，
她便会给人们几份馈赠。
二十多年艰苦卓绝、锲而不舍的奋斗，
山川大地重新披上了绿装，
赣南人民梦寐以求的愿望，终于实现了！
站在高地放眼四望，看山山清，看水水秀，
柳杉蓊郁挺拔，湿地松苍翠欲滴，
雉鸡山雀歌唱，野兔松鼠跳跃，
牛羊、绿草、鲜花、碧水，尽收眼底，
绿色的阡陌，仿佛丝织彩绣的艺术精品。

在赣南，每一片绿叶，
都记载着一个生动的故事；
每一片林子，都凝聚着一段造林的佳话！
山川翠绿了，当年的小伙子
满头的黑发却花白了；
河水清澈了，当年的妙龄少女
皱纹却悄悄爬上了眼角。
都说青春无悔，青春无悔啊——
那漫山遍野的碧树芳草，
是礼赞他们奋斗精神的绿色诗行，

更是铭刻他们创业事迹的绿色丰碑！

生命之树常青，精神丰碑永存！
面对成绩，赣南水保人没有陶醉，
他们清醒地认识到，要超越现实，超越自己，
脚下的路更长，肩上的任务更艰巨，
已有的成就，仅仅是一条绿色的起跑线。
如今，他们手握绿色的接力棒，
正以百倍的热情，以全部的心血与汗水，
朝着新的目标——跨越，跨越，
为大地，也为自己，续写光耀青史的业绩，
让水保之歌，久久地，
久久地，回响在赣南的土地上！

追寻伟人的足迹

一幢小楼，因为一位伟人的到访，
显得不同寻常；
一座小城，因为一次著名的调查，
而声名远播，彪炳史册。

时光倒转，回到1930年初夏，
你风尘仆仆，来到寻乌城，
深入基层，亲身体察民众疾苦。
戎马倥偬的岁月里，
有这样一段相对安定的时间，
对你来说，是多么的珍贵！

区乡干部、穷秀才、
破产了的商会会长、失业小官吏，
均被你召集起来，
你想通过他们，为中国社会
查一查病症，把一把脉，
找出那些隐藏在肌体深处的
种种病灶。

你时而像一位用功的小学生，
端坐在八仙桌旁，

专心聆听，飞快地做着笔记，
激情的浪花，随着龙飞凤舞的墨迹
绽放在粗糙的纸张上，
散发出幽香，历久弥新。

你时而又像一位口才出众的老师，
不由自主地拍案而立，
或抨击时弊，嬉笑怒骂，
或讲古论今，谈笑风生，
飞扬的神采感动了一座小城，
感染了每一位听众。

“没有调查，就没有发言权”，
像一道闪电，照亮了小城的天空，
像一声春雷，惊醒了大地。
智者的灵光慧雨，
滋润了贫瘠的土地，
启迪了寻找道路的人们。

那些朴实无华的黑白照片，
陈旧的木床、桌椅，
见证着往昔的峥嵘岁月，

无处不向人们昭示着
那一段风云变幻的历史，
宣扬着伟人的一腔豪情。

走过清清幽幽的木板过道，
站在简陋的煤油灯旁边，
追忆往昔，返观当今，
才能真切感受到真理的力量，
寻觅到光明的温暖之源，
无比的崇敬，从心底升腾！

红日当空，小院一片明媚灿烂。
漫步林荫道，我试图寻找
伟人当年留下的足迹。
耳畔响起鲁迅先生的话：
“在你们身上，
寄托着中国和人类的未来！”
——那是一位智者
对共产党人的高度信任和期许。

（2014年4月18日《赣南日报》）

遥想延安

遥想延安
总有一些意象　无法忘怀
就像一把倔强的种子
拱破记忆板结的泥土
越过六十年风霜雪雨
在五月的阳光下
还原成生命郁郁葱葱的绿色

当年　那一排排窑洞
是中国最最深邃的眼睛
许多与庄稼一样拙朴的汉子
从五湖四海来到这里
在贫瘠的土层点亮油灯
点燃星星的光芒　黎明的光芒
与深重的黑暗对抗

香喷喷的小米粥
滋养了平凡和不平凡的日子

滋养了一副副热爱唱歌的嗓子
唱起那兰花花
枣园的枣子就熟了
吼一曲信天游
天上的乌云就散了

硝烟远去
一丛丛盛开的山丹丹
让人想起猎猎扬扬的旗帜
如今 这些红妆素裹的好姑娘
生长在温暖宁静的山岗上
在我遥想延安的日子
走进我的诗行
走进我的梦里水乡

（2002年5月25日《赣南日报》）

祝福生命

——一位医生的心声

在洁白的病房里站定
我常常见到熟悉的场景——
亲情被涌动的泪水浸泡
恋人相互倾诉爱的细语
生命返回到纯净的原色
死亡似乎变得伸手可及
我的父老 我的姐妹 我的弟兄
请安静——
无论病魔多么猖獗多么闹腾
此时此刻 作为医护人员
我们将竭尽全力
用自己的智慧和真诚
捍卫患者的健康
捍卫生命的尊严
这是医生的天职
也是我们最为圣洁的心声

在洁白的病房里站定
我触摸到一个个心灵——
多么想听柳枝上的鸟鸣
晨曦里看太阳冉冉东升
多么想听家乡小河的流水

夜色降临 看一轮明月皎洁生辉
病魔却像突如其来的雪崩
把这些愿望推入谷底
像一阵旋转的飓风
打断了生活之梦的远行
疾病 是一把锋利的刀刃
切割着揪心的苦痛
和亲人们黯然落泪的身影

所有沮丧沉郁的眸子
都有向往和期盼在闪动
面对危机 面对生命
面对你自己
面对春天的花繁草盛
亲爱的病友 我们别无选择
我们必须勇于面对 从容面对
我多么想 让大自然
送给你一片蓝天和绿荫
我多么想
把美好的阳光和清新的空气
送进你的肺腑里
我多么想 让欢声笑语

成为你生活中飘动的风铃

在洁白的病房里站定
我们与患者同行　心灵相通
相通的心灵也变得
像蔚蓝的大海一样辽阔美丽
人民医院　永远服务人民
每时每刻　我们都惦念你的病情
每一双眼　都饱含关爱
每一句话　都不言放弃
每一颗心
都在和春天一起祈祷
和春天一起祝福——
祝福健康　祝福生命

后记

“诗歌是年轻人的事业”，初学诗时看到这个说法有些不以为然，总觉得自己可以持久地写下去。那时，诗就是整个世界，仿佛自己的灵魂甚至生命都置于其中。然而随着年龄的增长，曾经澎湃甚至泛滥的激情渐渐消退，诗歌在我的写作中越来越少，后来就基本转向散文创作了。

每当有人向陌生朋友介绍我是“诗人”时，内心的羞愧与惶恐总是令我无地自容。虽然没有写出杰出的诗，我对诗歌始终是心存敬畏的。随着物质生活日益富足、充盈，人们对美的追求也越来越高，而“美”的终极目标，就是人的内心充满着诗意，人们需要安宁，需要平和，需要浪漫的情怀。

舒婷曾说：“诗歌像绸缎般高贵、优雅，充满理想主义的光辉。”对我而言，诗歌从精神层面上改变了我的生活，它是一对空中的翅膀，一片风中的叶子，一滴清晨的露水，一束闪烁的阳光……如今，回首走过的路，我对与诗相伴的那段时光充满感恩，我愿在灵魂深处永远葆有那份诗歌带给我的宁静与纯真。

李凌云　　2017年春

图书在版编目（CIP）数据

在清晨歌唱 / 李凌云著. -- 南昌 : 百花洲文艺出版社, 2017.6
ISBN 978-7-5500-2265-2

Ⅰ. ①在… Ⅱ. ①李… Ⅲ. ①诗集 - 中国 - 当代Ⅳ. ①I227

中国版本图书馆CIP数据核字(2017)第117559号

在清晨歌唱
李凌云 著

出版人 姚雪雪
责任编辑 刘 云
书籍设计 一二日艺术空间

出版发行 百花洲文艺出版社
社 址 南昌市红谷滩世贸路898号博能中心A座20楼
邮 编 330038
经 销 全国新华书店
印 刷 江西千叶彩印有限公司
开 本 787mm×1092mm 1/16 印张 14
版 次 2018年1月第1版第1次印刷
字 数 110千字
书 号 ISBN 978-7-5500-2265-2
定 价 29.00元

赣版权登字 05-2017-186

邮购联系 0791-86895108
网 址 http://www.bhzwy.com
图书若有印装错误，影响阅读，可向承印厂联系调换。